손 큰 할머니의 만두 만들기

글 채인선 / 그림 이억배

재미마주

무엇이든지 엄청 크게 하는 손 큰 할머니가 숲 속 동물들과 함께 만두를 만든다. 모두 배불리 먹고도 남아 집에 갈 때는 한 소쿠리씩 싸 주고도 남아
일 년 내내 냉장고에서 꺼내 먹을 만큼 많이 하는 설날 만두다. 이번 해도 할머니는 며칠 밤을 새우며 동물들과 만두를 빚는데 언덕만큼 솟은 만두소가
전혀 줄어들지 않자 동물들은 불평을 한다. 그러자 할머니는 꾀를 내어 만두피를 넓게 깔고 남아 있는 만두소를 그 안에 몽땅 쏟아 붓고 아주 아주 큰 만두를
하나 만들자고 한다. 기운이 펄쩍 난 동물들은 할머니 말대로 엄청 큰 만두를 만들어 설날 아침 함께 나눠 먹으며 나이를 한 살 더 먹는다.

손 큰 할머니의 만두 만들기

초판   1쇄 1998년   1월   1일
삼판   1쇄 2001년   1월   2일
삼판 51쇄 2018년   10월 30일

글쓴이 채인선
그린이 이억배
펴낸이 이호백
펴낸곳 도서출판 재미마주
          413-120 경기도 파주시 문발동 520-9 (A동 3층)
          전화 (031) 955-0880 / 팩스 (031) 955-0881
          등록번호 제 10-1051호 / 등록일자 1994년 10월 20일

도서출판 재미마주는 독자 여러분의 의견을 기다립니다.
홈페이지 www.jaimimage.com / 이메일 jaim@jaimimage.com
ISBN 978-89-86565-06-5 73810

손 큰 할머니의 만두 만들기

아주 아주 손이 큰 할머니가 있습니다.
무엇이든지 하기만 하면
엄청 많이
엄청 크게 하는
할머니입니다.

해마다 설날이 다가오면 할머니는 만두를 빚습니다.
아주 아주 맛난 만두
숲 속 동물 모두 배불리 먹고도 남아
한 소쿠리씩 싸 주고도 남아
일 년 내내 냉장고에 꽉꽉 채워 두는 만두를
오늘 만들려고 합니다.

할머니 큰 손이 부엌 찬장을
왔다갔다하는 걸 보면 알 수 있습니다.
벌써 부엌 문턱에는 어린 동물들이 조르르 와 앉아
참견을 합니다.
"할머니, 이번 설날에도 만두 많이 만드실 거죠?"
"물론이지. 그래야 다 같이 나눠 먹잖니!"
앞치마만 두르면 할머니는 늘 싱글벙글합니다.
자, 이제 시작입니다.

"뭐니뭐니 해도 김치가 많이 들어가야 맛이 나지!" 하며
김치를 있는 대로 다 꺼내 오고
"김치가 많이 들어가니 숙주나물도 넉넉히 들어가야지!" 하며
숙주나물도 있는 대로 다 삶아 대고

"숙주나물이 많이 들어가니 두부도 그만큼 들어가야지!" 하며
두부를 있는 대로 다 내놓고
"다른 것이 다 많이 들어가니 버섯도 양껏 들어가야. 암, 그렇고말고!" 하며
냉장고에서 버섯을 다 꺼내 놓고는

"그런데 이 만두소를 어디다 버무리지?"
궁리궁리하다가
할머니는 헛간 지붕으로 쓰는 함지박을 끌어 와
거기다 만두소를 몽땅 쏟아 넣었습니다.

할머니는 삽을 들고 함지박 안으로 들어가
만두소에 파묻혀 엎치락뒤치락
그러면서도 씩씩하게 만두소를 버무립니다.

"이제 다 되었군!"
함지박을 나와 할머니는 환히 웃었습니다.
골고루 잘 섞인 만두소가 둥근 언덕처럼 보였습니다.

"만두소가 저만하니 만두피도 많이 만들어야겠지?"
할머니의 큰 손이 다시 일을 시작합니다.
어깨가 들썩여지고 노래가 술술 나왔습니다.

만두 만두 설날 만두
아주 아주 맛난 만두
숲 속 동물 모두 모두
배불리 먹고도 남아
한 소쿠리씩 싸 주고도 남아
일 년 내내 사시사철
냉장고에 꽉꽉 담아
배고플 때 손님 올 때
심심할 때 눈비 올 때
한 개 한 개 꺼내 먹는
손 큰 할머니 설날 만두

밤이 되었습니다.
밀가루 반죽은 방문턱을 넘어 툇마루를 지나 마당을 지나
울타리 밖으로 한없이 밀려갔습니다.
저 너머 소나무 숲에 이른 걸 보고서야 할머니는 허리를 펴고 일어섭니다.
"아이고, 나도 이제 늙었나 봐. 힘이 달리네. 지난 설에는 저 소나무 숲을
지나서도 한참 뻗어 나갔는데……."

다음날 아침 할머니는 종을 댕댕 쳤습니다.
"어서 가서 엄마 아빠 오시라고 해라. 만두 빚자고."
만두 빚을 준비가 다 된 것입니다.

종소리를 듣고 겨울잠을 자던 동물들이 오고 있습니다.
동물들은 저희들끼리 두런두런 얘기를 합니다.
"어느새 만두 빚을 때가 되었네. 세월 참 빠르다."
"지난 설에는 꼬박 일 주일 동안 만두를 빚었잖아.
올해는 조금 빚는다고 했는데."
"보나마나 이번에도 만두소가 어마어마할 거야."

집 앞에 도착한 동물들은 만두소를 보더니 입이 쩌억 벌어졌습니다.
지난 설보다 훨씬 많아 보였습니다.
"으아악! 세상에, 저게 다 만두소야?"
"저걸 언제 다 만든담? 한 달도 더 걸리겠네!"
"밀가루 반죽은 또 얼마나 많이 했을까?"

그렇지만 어린 동물들은 얼른 만두를 빚고 싶어 난리였습니다.
할머니도 큰소리로 으름장을 놓았습니다.
"이게 뭐가 많아? 나 혼자 해도 하루 아침에 다 하겠다.
자, 게으름 부리지 말고 어서 일들 하자고."
그 말을 듣고서야 동물들은 주춤주춤 함지박 곁으로 모여들었습니다.

만두 빚는 일은 재미있습니다.
여우는 여우 만두를
다람쥐는 다람쥐 만두를
호랑이는 호랑이 만두를
너구리는 너구리 만두를
뱀은 뱀 만두를
곰은 곰 만두를
저마다 자기 것이 예쁘다며 부지런히 만듭니다.

동그랗게 만두피를 만들고
그 안에 만두소를 넣어 모양을 다듬고
다 만든 것을 머리에 이고 나르며
모두 신이 났습니다.
할머니는 높은 나무에 올라가 망원경을 눈에 들이대고
가끔 이렇게 호령을 합니다.
"너구리야, 만두소 조금씩 넣어라. 다 터지고 있잖아!"
"저기, 다람쥐, 졸지 마! 그러다 만두소에 코 박겠다."

하루가 지나고 이틀이 지나고 사흘이 지났습니다.
그러나 만두소는 아직도 붕긋했습니다.
"정말이지, 할머니 손 큰 것은 알아주어야 한다니까."
"만두는 먹어 보지도 못하고 만두 귀신 되겠다."
"그런데 저 만두소는 만들면 만들수록 커지는 것 같아."
동물들이 너도 나도 이렇게 투덜거리자 나흘날 아침 할머니가 말했습니다.
"만두를 크게 크게 만들어라. 그래야 소가 빨리 줄지!"
그때부터 동물들은 만두를 크게 만들었습니다.

처음에는 사과만큼

그러다 호박만큼

그러다 항아리만큼

그러다
자기 몸보다
더 큰 만두도
생겼습니다.

닷새가 지나고 엿새가 지나고 이레가 지났습니다.
만두소는 좀 줄어들었지만 바닥이 보이려면 아직 먼 것 같았습니다.
동물들은 만두고 뭐고 지쳐 그 자리에 누워 버렸습니다.
순간, 할머니는 좋은 생각이 떠올랐습니다.

할머니는 동물들에게 외쳤습니다.

"애들아, 이제 남은 만두소를 전부 모아 큰 만두 하나를 만들자."

"만두 하나를 만들자고요?"

"그럼, 세상에서 제일 큰 만두가 될 거야."

"세상에서 제일 큰 만두요?"

"그렇다마다. 그리고 세상에서 제일 맛있는 만두!"

동물들은 기운이 펄쩍 났습니다.

우선, 밀가루 반죽을 보자기처럼 넓게 펼쳐 놓고는
남아 있는 만두소를 모조리 쏟아 부었습니다.
그러곤 양쪽에서 만두피를 붙잡고
"야아! 야아!"
함성을 내지르며 앞으로 달렸습니다.

만두 만두 큰 만두　　세상에서 제일 큰 만두
아주 아주 큰 만두　　만두를 만들자.
앞산만큼 큰 만두　　손 큰 할머니 설날 만두
뒷산만큼 큰 만두　　만두를 만들자.

"그런데 이 큰 만두 입은 어떻게 붙이지?"
궁리궁리하다가
할머니는 방에 들어가 싸리비만한 돗바늘을 가지고 나왔습니다.
거기에 실을 꿰어 만두 입을 꿰매기 시작했습니다.
터지지 않게 꽁꽁 꿰맸습니다.

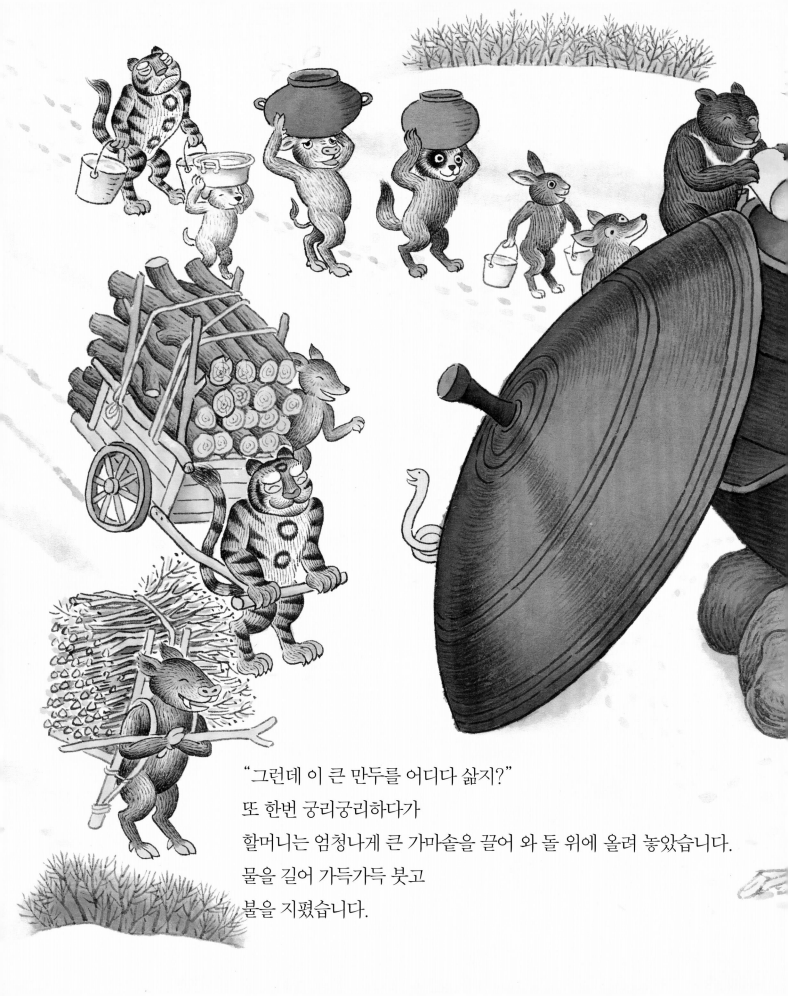

"그런데 이 큰 만두를 어디다 삶지?"
또 한번 궁리궁리하다가
할머니는 엄청나게 큰 가마솥을 끌어 와 돌 위에 올려 놓았습니다.
물을 길어 가득가득 붓고
불을 지폈습니다.

만두가 익어 갑니다.
장작불 위에서 가마솥 안에서
아주 아주 큰 만두가 익어 갑니다.
만두가 익어 갈수록
섣달 그믐날 밤도 푹 익어 갑니다.

드디어 만두가 익었습니다.
가마솥에서 만두를 꺼내니
김이 포르르 나고
맛있는 냄새가 온 사방에 퍼졌습니다.
배고픈 동물들이 한꺼번에
만두로 달려들었습니다.

만두다, 만두.
만두를 먹자.
세상에서 제일 큰 만두
만두를 먹자.
설날 아침 모두 모여
만두를 먹자.

설날 아침 할머니와 동물들은
만두를 먹고 모두 한 살을 더 먹었습니다.

글쓴이 **채인선**은 1962년 강원도 함백에서 태어나 서울에서 학교를 다녔습니다. 1984년 성균관대학교 불문학과를 졸업하고
여러 출판사에서 10년 넘게 편집자로 일했습니다. 두 딸 해빈이와 해수에게 이야기를 들려주며 글을 쓰다가 1996년 창비가
주관한 '좋은어린이책' 원고 공모 당선을 계기로 작가의 길을 걷게 되었습니다. 그림책으로는『딸은 좋다』『빨간 줄무늬 바지』
『오늘은 우리집 김장하는 날』『토끼와 늑대와 호랑이와 담이와』등이 있으며, 동화책으로는『산골집에 도깨비가 와글와글』
『내 짝꿍 최영대』『삼촌과 자전거 여행』『전봇대 아저씨』『그 도마뱀 친구가 뜨개질을 하게 된 사연』등이 있습니다. 이밖에
어린이 교양서로『아름다운 가치 사전』과『아름다운 감정학교』5권이 있습니다. 현재 경기도 용인에서 가족들과 살고 있으며
김깜돌이라는 강아지를 키우고 있습니다. 홈페이지는 www.inseonchae.com입니다.

그린이 **이억배**는 경기도 용인에서 태어나 홍익대학교 조소과를 졸업했습니다.
그림책『솔이의 추석 이야기』『개구쟁이 ㄱㄴㄷ』『잘잘잘 1 2 3』에 글을 쓰고 그림을 그렸습니다.
그림책『세상에서 제일 힘센 수탉』『손 큰 할머니의 만두 만들기』『반쪽이』『넌 누구니』『모기와 황소』등에 그림을 그렸습니다.
지금은 나무와 풀이 가득한 시골집에서 그림책 작업을 하고 있습니다.